AF249509

DISCOVRS DV POËME BVCOLIQVE.

Où il est traitté,

DE L'EGLOGVE, DE L'IDYLE, ET DE LA BERGERIE.

Par MONSIEVR COLLETET.

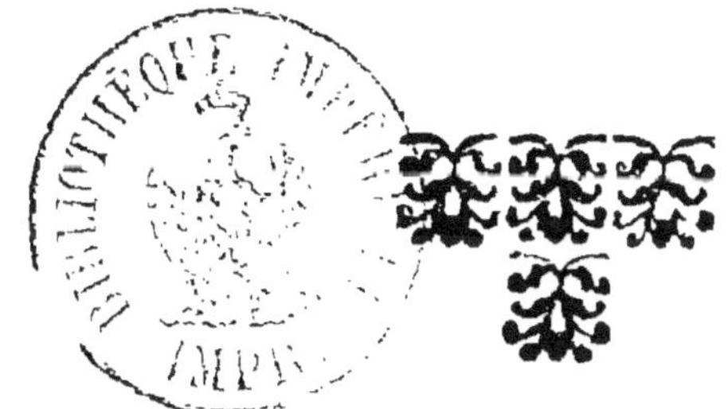

A PARIS,

Chez LOVIS CHAMHOVDRY, au Palais, deuant la sainte Chapelle, à l'Image saint Louis.

M. DC. LVII.

Auec priuilege du Roy.

A MONSEIGNEVR
SEGVIER,
CHANCELIER
DE FRANCE.

MONSEIGNEVR,

Il y a quelques iours qu'en la presence
de Voste Grandeur on mit sur le tapis
de l'Academie Françoise le mot d'Idyle,
qui fut heurcusement examinè selon les
diuerses connoissances des Academiciens.
Mais comme il estoit assez difficile de le
definir si précisement sur le champ, apres
que i'eus dit à mon rang, & en peu de

EPISTRE.

mots, ce que i'en penſois, ie crûs qu'il
eſtoit de ce terme comme de quelques autres que l'on renuoye quelquesfois auecque ce mot myſterieux, ampliùs delibe-
randum. Et comme ce fut la penſée de
quelques-vns de mes Confreres, c'eſt ce
qui m'a d'autant plus obligé pendant
ces derniers iours de repos, de rappeller
mes anciennes Idées Poëtiques, & de
conſulter mes Liures. Dans cette agreable méditation i'ay fait quelques petites
obſeruations ſur l'Idyle, c'eſt à dire ſur
vne matiere que nos François n'ont iamais traittée. Et parce que ce genre de
Poëme eſt effectiuement vne dépendance
du Poëme Bucolique, i'ay penſé qu'il
eſtoit à propos d'aller iuſques à ſa ſource,
& de parler de l'Eglogue Paſtorale, de
ſa veritable origine, & de ſon vray caractere. Si en cela i'ay bien ou mal
reüſſy, ie vous en fais Iuge, MON-
SEIGNEVR, qui poſſedez en vn ſi
haut degré le grand Cercle des Sciences

& des beaux Arts, & qui estes autant
au dessus de nous par les grandes lumie-
res de vostre Esprit, & par vostre sublime
Eloquence, que par vostre supréme Di-
gnité. Mais puis que ie suis en possession
depuis tant d'années de vous rendre
compte de mes estudes comme à mon Mé-
cene & à mon Ephore, ie vous supplie
tres - humblement, MONSEI-
GNEVR, d'agréer ce nouueau trauail. Vous m'obligerez d'autant plus à
reprendre cette laborieuse Poëtique que
i'ay commencée, & dont i'ay desia fait
voir quelques eschantillons sur le sujet
de l'Epigramme, du Sonnet, & de la
Poësie Morale. Ie suis, & seray toute
ma vie,

MONSEIGNEVR,

De V. Grandeur,

Le tres-humble & tres-
obeïssant seruiteur,
G. COLLETET.

Le 9. Iuin
1656.

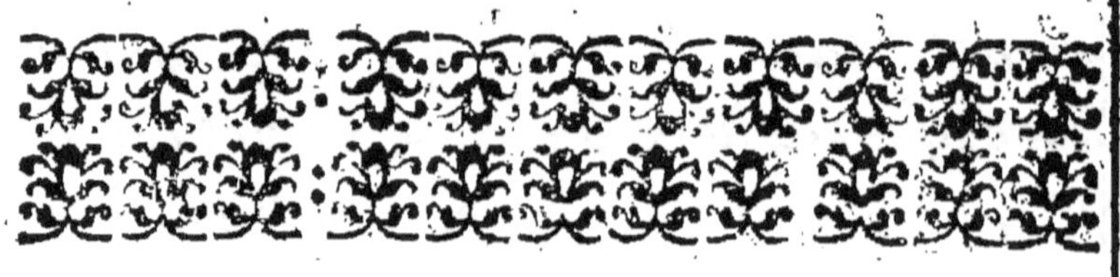

SVR LES SCEAVX
rendus à Monseigneur le Chancelier.

MADRIGAL.

LOIN ce chagrin qui m'importune,
Et qui m'obsede nuit & jour,
SEGVIER, puis que chez toy les Sceaux sont
    de retour,
Ne voy-je pas chez moy retourner la Fortune?
    O que durant ces derniers temps
I'ay veu de vertueux tristes, & mécontens!
Le plus beau feu d'Esprit n'estoit qu'ombre,
    & que glace;
Mais tu fais tellement le mérite éclater,
Que quiconque voudra sur le sacré Parnasse
De l'honneur, & du bien, n'a qu'à t'en sou-
    haiter.

5. Ianvier 1656.

Table des principales Matieres contenuës dans ce Discours du Poëme Bucolique.

A iiij

DISCOVRS DV
POEME BVCOLIQVE.

1. LE Poëme Bucolique eſt vn genre de Poëme ſi ancien, que les plus anciens Autheurs en ont attribué la ſource aux Dieux du Paganiſme, & aux premiers ſiecles, qui eſtoient de grands amateurs de la vie Paſtorale, & qui cheriſſoient également l'innocence des mœurs, & la ſimplicité des Chanſons ruſtiques. Si l'on s'en rapporte aux Fables, elles diſent qu'Apollon fut le premier qui inuenta ce genre de Poëme, quand il garda les trouppeaux d'Admette Roy de Theſſalie. D'autres diſent que ce fut Mercure, lors que par le commandement de Iupiter ſon pere il endor-

A v

mit le Pasteur Argus auec vne flurte rustique. D'autres soustiennent que ce fut le Dieu Pan, lors qu'apres auoir vainement poursuiuy vne Nymphe fugitiue iusques sur les bords du fleuue de Ladon, il y fit vne flute de roseaux pour plaindre sa disgrace amoureuse. Et c'est à peu pres la pensée de Virgile.

Pan primus calamos cera coniungere plures,   Instituit.

D'autres asseurent que ce fut le Dieu Bacchus, qui est le Prince des Nymphes, des Syluains, & des Satyres, qui se plaisent tant aux exercices champestres, & qui font si grand cas des Bergers, & de leurs chants rustiques.

Ori-
gine du
Poëme
Bucoli-
que se-
lon les
Histo-
riens.
*Diome-
des*

2. Mais si l'on s'en rapporte aux Historiens, comme c'est vne pure inuention des hommes, i'en rencontre aussi parmy nos diuers Autheurs de diferentes opinions, que l'on peut reduire à trois principales. Les vns disent qu'on doit la premiere inuention du Poëme Bucolique aux Lacé-

demoniens. Et voicy comment ils le racontent. Lors que Xerxes, Roy des Perses, auec vne effroyable Armée, vint fondre dans la Gréce, la consternation y fut si grande parmy tous les peuples, que la plufpart d'entr'eux abandonnant les Villes & les Citez, chercherent leur falut dans les Autres, & dans les Forefts. Mais comme ce Prince Conquerant eut efté contraint de ceder à la Fortune, ou à la vertu de Themiftocle, en la fameufe Iournée de Marathon, aux premieres nouuelles de la défaite de Xerxes & de fa retraite, les Grecs, & les Lacédemoniens entr'autres, quitterent leurs triftes folitudes, & vinrent fe rétablir dans le Péloponefe, en intention d'y feruir & d'y honorer plus que iamais la Déeffe Diane, dont ils deuoient ce iour là mefme celebrer la fefte, fous le nom de Diane Cariatyde, ainfi nommée d'vn village de Laconie, appellé Carie. Mais d'autant que les Filles de Lacédemone qui auoient accouftumé de

Gram-
mati-
cus.
Probus
Gram-
mati-
cus.
Ser-
uius.
Iulius
Pompo-
nius S.1-
binus.
Cato in
origin.
Iul.Sca-
liger.
Vipera-
nus.
Ger.
Voffius.
M. de
Mara-
les.

A vj

chanter les Hymnes en l'honneur de
la Déesse, estoient encore absentes de
la Cité, d'où la crainte & l'effroy des
armes barbares les auoient éloignées;
pour ne pas interrompre vn sacrifice
si solemnel, les Pasteurs des Villages
voisins y vinrent, au defaut des Filles
de la Ville, celebrer cette feste auecque de nouuelles Chansons rustiques
qui plûrent infiniment. Et ces nou-
ueaux honneurs rendus à la Déesse,
furent dés lors appellez honneurs Bucoliques, soit à cause que ceux qui les
rendoient estoient effectiuement des
Pasteurs de Bœufs, soit que les Bœufs
fussent les animaux les plus puissans,
& mesme les plus necessaires de tous
pour les exercices de la vie rustique.

Il y en a d'autres qui tiennent que
le Poëme Bucolique prit naissance
dans la Sicile ; ce qu'ils racontent de
la sorte. Deuant que le Roy Hieron
se fut rendu Maistre de la Ville de
Syracuse, vne certaine maladie con-
tagieuse s'épãdit tellement par toute
la Sicile, que tous les trouppeaux de

cette contrée en furent miserable-
ment infectez ; ce qui obligea les
habitans d'auoir recours à la Déesse
Diane, & de luy bastir vn Temple
& des Autels, sous le titre de Diane
Limache, ou Liacque, comme qui
diroit, A la Déesse Liberatrice des
maux, dont ils estoient affligez. Et
comme à force de prieres & de sacri-
fices, ils en eurent finalement obtenu
la guerison, en memoire d'vne si heu-
reuse déliurance, ils commencerent
de composer des Chansons Pastorales, & des Hymnes rustiques, qu'ils
appellerent dés lors Bucoliques, &
ceux qui les chantoient, Bucoliastes.

Il y a là-dessus vne troisiéme opi-
nion qui regarde encore la Sicile,
quoy que neantmoins diuersement.
Apres que le furieux Oreste eut com-
mis son abominable parricide, dans
le iuste regret, ou plustost dans la
noire furie où il estoit d'estre tombé
dans vn si grand crime, pour trouuer
quelque soulagement à son mal, il
alla consulter vn Oracle qui luy ré-

pondit, *que son tourment & sa rage cesseroient, si apres auoir recouuré sa sœur Iphigenie, il s'alloit lauer dans vn fleuue de qui l'eau estoit meslée & confonduë auecque l'eau de sept autres fleuues.* Ce qui l'obligea de courir par le monde. Et comme son bonheur eut voulu qu'il eut recouuré Iphigenie en passant dans la Tauride, il vint sur les confins de Rheges, où rencontrant le fleuue Pacolicos, qui selon Caton dans ses Origines, en reçoit sept autres, comme Latapadon, Eugion, Stracterie, & le reste, il s'y laua pour expier son crime, & passa en suite iusques en Sicile, où ayant satisfait aux paroles de l'Oracle, la Déesse Diane, dont il portoit auec luy le simulacre, luy apparut vne nuit en songe dans la ville de Syracuse. Ce fut là qu'elle luy ordonna de luy consacrer vn Temple sous le titre de Diane Phascelide, à cause des faisceaux, ou pour mieux dire des petites bandelettes que les Latins appellent *fascias*, dont l'image de la Déesse estoit enuelopée.

Dés qu'il eut confacré ce nouueau Temple, la deuotion du lieu y attira vne infinité de gens de tous coftez, & fingulierement des Pafteurs, qui firent aux Miniftres de la Déeffe beaucoup de préfens ruftiques, comme des trouppeaux de Bœufs, de Brébis, & de Chevres ; pour la conduite defquels il fut queftion d'appeller plufieurs autres Pafteurs qui s'en chargerent volontairement, & gratuitement mefme, puis qu'ils fe contenterent pour leur peine d'vn peu de lait & de fromage. Mais comme Orefte auoit efté fort bien receu des habitans du lieu, qui luy témoignerent encore beaucoup de zele pour l'image & le Temple de la Déeffe Diane, il y inftitua des facrifices ruftiques, qu'il fit accompagner d'Hymnes & de Chanfons Paftorales. Et voila, difent-ils, le commencement & l'origine du Poëme Bucolique.

3. Ce n'eft pas qu'il n'y en ait encore quelques vns qui en attribuënt la premiere inuention à vn certain

me Bu-
coli-
que.
Athen.
*lib.*14.
Lil. Gi-
rald.
Petr.
Nan-
nius.

Diomus Pasteur Sicilien ; d'autres à Daphnis fils de Mercure, & d'vne Nymphe ; ces deux premiers nouris dans les bois, & parmy les Nymphes. D'autres à vn certain Comatas, lequel estant resserré dans vne étroitte prison, ne vesquit assez long-temps que du mie[l savo]ureux de quelques Abeilles, qu[i par] bonne fortune pour luy se rencontrerent en ce lieu. Et ce fameux Berger fut tousiours tellement regretté des bons Poëtes, que long temps apres luy, Theocrite, & Virgile, déplorerent hautement sa mort, comme du premier Autheur de l'ouurage Bucolique. Mais quoy que nous ne lisions rien de la façon de ce Diomus, ny de Comatas, ny de Daphnis mesme, & que l'on doute encore s'ils ont iamais escrit, si est-ce que leurs Chansons vocales ont pû seruir de modele aux siecles suiuans. Ce que l'on ne doit pas trouuer estrange, puis qu'il est certain que les plus anciens Poëtes se sont plustost rendus celebres par leurs Vers & par leurs

Chanſons, que par la publication de
leurs œuures. Ie ne veux pour té-
moins de cette verité que ces Chan-
tres antiques, Linus, Demodocus,
Phemius, Eumolpe, & Amphion,
dont les noms ſont encore ſi connus
des Sçauans, qui pourtant n'ont iamais rien leu de leurs œuurages.
Apres tout, il y a bien de l'apparence
de croire que ce genre de Poëme
Bucolique, dont l'air eſt touſiours
fort agreable, quand il part de l'eſprit d'vn bon Poëte, qui ſçait abaiſ-
ſer, ou éleuer ſon ſtyle aux occaſions,
ſoit auſſi bien que la Comedie, originaire de la Sicile. Les grands
Maiſtres l'ont dit.

> *Prima Syracoſio dignata eſt ludere*
> *verſu.*

Et encore,

> *ſcicelides Muſæ paulo maiora cana-*
> *mus.*

Soit à cauſe de Diomus, de Theocrite, & de Moſchus, tous trois Poëtes Siciliens, ſoit à cauſe de ce que
i'ay rapporté cy-deſſus de Diane

Liacque, ou de Diane Phaſcelide.

4. Quoy qu'il en ſoit, comme entre les animaux que pour l'vſage & l'entretien de la vie humaine les hommes ſe ſont adviſez de mener paiſtre, il y en a de difèrente nature, ils en ont auſſi remporté des noms bien diferens. Les Paſteurs de Cheures ont eſté nommez Cheuriers; les Gardeurs de Brébis, Bergers; les Conducteurs de Bœufs & de Vaches, Bouuiers, & Vachers. Et ce ſont ceux là ſeulement que les Poëtes ont introduit dans leurs Poëmes Bucoliques. Car pour ce qui eſt des Porchers, comme le Porc eſt vn animal extrémement vil & ſale, & de qui l'Ame, comme dit Chryſippe dans Varron, luy a eſté donnée au lieu de ſel, ou meſme de qui le ſel luy tient lieu d'ame & de vie, ces Paſteurs ſont touſiours demeurez dans le mépris & dans la baſſeſſe, & n'ont iamais paru dans les ouurages Bucoliques. Il eſt auſſi à remarquer que les Poëtes n'ont pas introduit

Notable diference entre les Paſteurs.

Donatus. Iod Villichius in Tityrum Virgilij. Ger. Voſſius.

dans leurs Poëmes ceux qui menent
paiſtre les Cheuaux, pource que non
ſeulement cet animal n'eſt pas propre pour la nouriture de l'homme,
mais auſſi pource qu'ils ne le croyoiét
pas propre à l'Agriculture; car les
Anciens ſe ſont touſiours ſeruis de
Bœufs, & non pas de Cheuaux, pour
labourer la Terre.

Mais de tous ces diuers genres de
Paſteurs de trouppeaux que i'ay
nommez cy-deſſus, les Paſteurs de
Chevres, & de Brébis, ont touſiours
eſté ſi conſiderables, qu'on les a touſiours préferez aux autres. Et quoy
qu'entre ceux qui habitent les cháps,
& qui ſe plaiſent dans les ſolitudes,
les Chaſſeurs, les Peſcheurs, & les
Laboureurs, ayent des emplois qui
pouroient bien fournir de matiere
aux productions Paſtorales; ſi eſt-ce
que, comme les Chaſſeurs ſont touſiours en mouuement & en action,
& n'ont pas le temps de s'arreſter, ny
de chanter; & comme les Peſcheurs
doiuent garder le ſilence, pour ne

point troubler leur pesche, qui est
vne espece de chasse muette; & comme le trauail des Laboureurs est pe-
sant & difficile, & qu'il demande
vne trop grande application, c'est
pour cela que nos Poëtes tant Grecs
que Latins, tant Italiens que François, n'ont guere fait d'Eglogues
Marines & Chasseresses, & iamais
de Laboureuses, si i'ose me seruir de
ce nouueau mot, pour exprimer vne
chose qui n'a iamais esté faite. Ils
ont bien plus volontiers employé le
nom de Berger, pource que son exer-
cice est le plus oisif & le plus tran-
quille de tous, & qu'il a bien plus de
temps & de loisir pour méditer des
Chansons, qu'il peut naturellement
imiter des diuers concerts des oyseaux, du sifflement des vents parmy
les arbres, & du doux murmure des
ruisseaux & des fontaines. De là
vient que comme l'oisiueté est la
mere de la volupté, les Bergers trait-
tent le plus souuent de l'Amour, qui
est la passion la plus conforme à la

...ature, qu'ils respectent comme vne ...onne Maistresse, & dont ils obser- ...ent les innocentes Loix; en quoy ...ns doute ils suiuent l'exemple des ...remiers temps, & renouuellent en- ...eux l'image précieuse de l'antique ...ecle d'or.

> *Les Bergers auec leurs Musettes,*
> *Gardant leurs Brébis camusettes,*
> *Premiers inuenterent les sons*
> *De ces poëtiques Chansons,*

...it Ioachim du Bellay dans ses Ieux ...ustiques.

Et c'est veritablement ce qu'ils ...ont dans ce genre de Poëme qu'ils ...ppellent Eglogue, qui est vne es- ...bece de Dialogue, où ils introduisent ...les Bergers & des Bergeres qui s'en- ...retiennent ordinairement de leurs ...mourettes, de leurs soûpirs, & de ...leurs plaintes, de leur mélancolie, ou ...de leur ioye. C'est où ils parlent en- ...core des Faunes, & des Nymphes; ...des Deserts, & des Bois; des Arbres ...animez du chant des Oyseaux, & de ...l'haleine des Zephirs; de leurs Mou-

tons, & de leurs Chevres ; de leurs
Boucs, & de leurs Chiens ; de leurs
veſtemens, & de leurs cabanes ruſtiques ; de leurs flageolets, & de leurs
muſettes ; de leurs houlettes, & de
leurs panetieres ; de leurs gages, &
de leurs eſchanges ; de la clarté du
iour, & de l'obſcurité de la nuit ; &
de ſemblables choſes que les bons
Poëtes n'ont iamais oubliées. Si la
venérable Antiquité a touſiours
trouué ſi beaux, & ſi floriſſans, les
Vers de l'illuſtre Saphon, pource
qu'ils ne parloient que de choſes
agreables, comme des Iardins & des
Vergers des Heſperides, des Concerts charmans des Roſſignols, des
ombres délicieuſes des Foreſts, du
doux murmure des ruiſſeaux & des
fontaines, des danſes & des chanſons
des Bergeres & des Nymphes ; n'eſt-
ce pas pour la meſme raiſon que l'on
doit faire grand cas des Eglogues Paſtorales, puis qu'elles ont toutes ces
choſes diuertiſſantes pour principal
objet, & pour agreable matiere?

Par ce que ie vien de dire il paroist assez que le caractere specifique de l'Eglogue ne demande pas d'ordinaire vn style pompeux & sublime, ny de graues sentences, mais seulement vne diction simple, pure, & nette, & des expressions naïues, & conformes aux matieres traittées, qui ne respirent que l'air des champs, & qui sont comme le vray tableau de la vie rustique.

6. Mais encore que ce genre de Poëme ne demande pas ordinairement vn style si sublime, si est-ce qu'il le demãde tousiours fort fleury, & ne veut rien de bas ny de rampant. Et c'est en quoy, au iugement mesme de Scaliger, Baptiste Mantuan **a** lourdement failly dans ses Eglogues. Car encore que ce Poëte eut beaucoup de genie, il auoit si peu d'art, & si peu d'adresse, qu'il ne feignoit point d'employer tout ce que la chaleur & l'impetuosité de son esprit dictoient à sa plume ; haut, ou bas : rare, ou commun ; ingenieux, ou non. Ses

Contre les E- glo- gues de Bapti- ste Mã- tuan.

Vers n'auoient presque tousiours rien
que de rustique, & presque toutes ses
locutions estoient grossieres & traisnantes, & se sentoient tellement de
l'air du Village, que l'on a peine à les
souffrir dans la Ville. Et en effet, ce
n'est pas tout de representer la nature, il la faut representer par ce
qu'elle a de plus noble, & de plus
beau. Autrement on choque les loix
de la bonne Poësie, & de la bienseance mesme. Il faut si bien mesler
la seuerité de la Ville auecque la liberté de la campagne, que par leur
opposition la campagne paroisse tousiours plus belle, & plus agreable.
Car sans cette adresse il s'y rencontre des choses qui font bien plus souleuer le cœur, qu'elles ne charment
les yeux, & les oreilles. Comme quãd
Mantuan introduit vn Berger, qui
pour en loüer vn autre, le rend fort
sçauant, dans les plus bas, les plus
honteux, & les plus sordides exercices de la vie.

Si velis castrare pecus, seu scindere fagos;
Siue

Siue fimum ferri è ftabulis, haurire
  cloacas,

  Latrinas curare, viamque aperire co-
    actis

  Sordibus.

Et le refte, qui n'eft pas de fort bonne
odeur; non plus que cet autre encore,
où il fait dire fi ridiculement à vn autre Berger, qu'auant que de chanter
il eft preffé de lafcher fon éguillette,
& de décharger fon ventre.

  Dum ventris onus poft hæc carecta le-
    uabo, &c.

Quel homme raifonnable ne m'ad-
uoüera pas que c'eft vn peu trop
groffierement, & trop falement encore imiter la nature? Il y en a plufieurs autres femblables que le Poëte
doit foigneufement éuiter, comme
autant d'écueils & de rochers. Auffi
Scaliger, qui auoit bon nez & bon
fens, fe mocque plaifamment de certains ignorans de fon fiecle, qui non
feulement ofoient comparer Mantuan à Virgile, mais qui préferoient
encore les Boues & les Porchers de

B

l'vn aux doux Agneaux, & aux nobles
Pasteurs de l'autre. Et à ce propos
le Prince Federic n'auoit-il pas bonne
grace de faire éleuer dans vne place
publique de la Ville de Naples vne
statuë de marbre sous la figure de
Mantuan aupres de celle de Virgile?
Pia hercle, si non ridenda comparatione.
Et c'est le mot de Paul Ioue sur cette
ridicule comparaison.

    8. Ce n'est pas que, comme i'ay
dit, les bons Poëtes n'enflent quelquesfois leur style, & n'éleuent leur
Chansons Pastorales, lors que sou
des termes de Pasteurs ils s'entretien-
nent des affaires du grand monde
des morts des Princes, & des autre
hommes illustres, des calamitez de
leur temps, des changemens des Es-
tats & des Empires, des diuers suc-
cés, tristes ou ioyeux, de la bonne ou
mauuaise fortune ; & mesme lor
qu'ils osent pousser leurs voix iusques aux oreilles des Consuls, ou de
grands Heros de leur siecle ; ce qu'il
font sous des termes si agreables, &

auecque des Allegories si ingenieuses
& si iustes, que les intelligens en dé-
couurent bien-tost le secret, & voyent
bien par l'application des matieres
basses aux sublimes, & des choses aux
personnes, ce qu'ils veulent cacher
sous vn voile Pastoral; & l'on en peut
voir de cette nature, aussi bien que
des autres formes, dans Theocrite,
dans Virgile, dans Nemesian Car-
thaginois, dans Calpurnius Sicilien,
dans Faustus Italien, dans Petrarque,
dans Bocace, dans nostre Ronsard, &
presque dans tous nos Poëtes anciens
& modernes. Et c'est ce que les vns,
comme i'ay desia dit, ont appellé
Eglogues, les autres Bergeries, Pastorales, Foresteries, Bocages, & les autres Idyles.

9. Ie ne parleray point icy dauan-
tage de l'Eglogue, pource que, comme i'ay dit, il n'y a rien de si commun
dans nos Poëtes Grecs & Latins, Italiens, Espagnols, & François, qui en
ont tous composé comme à l'enuy.
Ie diray seulement qu'Octauien de

Pre-
mier
Au-
theur
de l'E-
glogue
Fran-
çoise.

B ij

Saingelais, Euesque d'Angoulesme,
est apparemment le premier d'entre
nous qui en a fait en nostre langue,
puis que traduisant toutes les œuures
de Virgile en Vers François, il traduisit aussi les Eglogues Latines de
ce diuin Poëte dés l'an 1495. Guillaume Michel, dit de Tours, & Ri-
chard le Blanc, les traduisirent en
suite ; & mesme apres tous ces vieux
Poëtes, Clement Marot nous donna
en nostre langue la premiere de ces
fameuses Eglogues. Mais comme il
auoit pris goust à ce genre d'escrire,
apres auoir traduit celle-là, il en composa encore deux autres de son inuention ; l'vne, sur la mort de la Reyne
Louise, Mere du Roy François I.
& l'autre, qu'il adressa au mesme
Prince sous les noms rustiques de
Pan & de Robin. Et ainsi l'on peut
dire qu'il est du moins le premier de
nos Poëtes François qui a fait des
Eglogues de son inuention. A l'e-
xemple de ceux-là, Michel d'Am-
boise, dit l'Esclaue fortuné, traduisit

en rime les Bucoliques, non pas de
Virgile, comme a dit Georges Drau-
de dans sa Bibliotheque Classique,
mais les Bucoliques de Baptiste Mantuan, qui contiennent dix Eglogues,
& les publia à Paris l'an 1530. Pierre
de Ronsard en fit à l'exemple de
ceux-là, ou pluſtoſt à l'exemple des
anciens Poëtes, de ſi belles, & de ſi
éclatantes, & d'vn ſtyle ſi doux & ſi
paſtoral, qu'à mon gré il n'y a rien de
plus beau dans toutes ſes œuures.
Iean Antoine de Baïf, Remy Belleau, Claude Binet, Iean de la Freſnaye, Amadis Iamyn, & quelques
autres fameux Poëtes de ce temps là,
en compoſerent auſſi de diferente ma-
niere. Et de noſtre temps nous en
auons veu quelques vnes en noſtre
langue, tant prophanes que ſacrées,
qui égalent, ou pluſtoſt qui effacent
toutes les anciennes, fuſſent-elles
meſmes du ſiecle d'Auguſte.

Mais pource que ie viens de dire
que l'Idyle eſt vne eſpece de Poëme
Boccager, & meſme que dans la pen-

sée de quelques-vns qui n'ont pas
tant approfondy cette matiere, c'est
vne chose qui n'est pas si connuë, ie
diray ce que ma memoire m'en peut
fournir, & ce que mes diuerses lectu-
res m'en ont appris. Ce que ie fais
d'autant plus volontiers icy, que ce
mot qui venoit en son rang dans le
Dictionnaire François a exercé, &
partagé mesme depuis huit iours, les
Esprits de nostre celebre Academie
Françoise, en la presence de son il-
lustre & grand Protecteur, à qui tout
le Parnasse, aussi bien que toute la
France, a des obligations si grandes
& si considerables.

10. Ce que nous appellons Idyle
en François, vient du mot Grec *Ei-
dos*, qui selon les Interpretes de Pindare, est vn certain genre de Poëme,
ou vne certaine forme de langage,
soit narratiue, soit actiue, soit meslée;
d'où vient que Pindare appelle, di-
sent-ils, ses Hymnes & ses Poëmes
Eidi, qui contiennent ces trois dife-
rents caracteres de Poësie. De ce

mot *Eidi*, les Grecs ont fait ce dimi-
nutif, *Eidullion*, que les Latins appel-
lént *Idyllium*, ou *Speciunculam*, & les
François apres eux *Idyle*, qui ne signifie autre chose que de certaines &
diuerses petites images, telles qu'on
en voit grauées sur quelques pierres
précieuses, comme sur des Amethi-
stes, des Lapis, des Agathes, des Cal-
cedoines, & autres semblables. Et
c'est de là que les Poëtes Bucoliques
ont emprunté ce nom; car voyant
que le mot d'Eglogue, quoy qu'il
veüille dire presque la mesme chose,
puis qu'il signifie de certains Poëmes
choisis, sembloit desirer vn discours
plus long & plus estendu, que les Latins appellent *deductum carmen*, qui
ressemble aux filets de chanvre ou de
lin, que les Bergeres en chantant ti-
rent de leurs quenoüilles, & roulent
sur leurs fuseaux, ou sur les bobines
de leur Roüet; lors qu'ils ont voulu
se resserrer dans des bornes plus étroi-
tes, ils se sont aduisez de ce mot d'I-
dyle, pour representer en abregé des

B iiij

Ioan. Crispi. in Theo-crit. LaFres-naye. Pei. Nan-nius.

Dife-rence de l'E-glogue & de l'Idyle.

choſes plus petites, & plus legeres. Et comme dans les Eglogues Paſtorales on peut apprendre exactement la vie & les mœurs des Bergers & des Bergeres, & des autres gens de village, lors que l'on veut prendre plaiſir à voir la nature toute ſimple & toute nuë dans les Idyles, qui ne ſont ordinairement que de petits Poëmes, on ne voit auſſi que de petites peintures des fantaiſies d'Amour, & s'il le faut ainſi dire, des jeux ruſtiques & enfantins des Bergers, & des Bergeres.

11. Le premier de tous les Poëtes Grecs qui compoſa des Idyles, fut Theocrite Syracuſain; ce qu'il fit pour deux raiſons principales; la premiere, pour donner vn nouueau nom à de nouuelles choſes; & la ſeconde, pour confondre l'arrogance de certains Paſteurs orgueilleux qui ſe vantoient de ſon temps d'éleuer leurs Chanſons au deſſus des Pins & des Cedres des plus hautes Foreſts, quoy qu'à peine fuſſent-ils capables d'atteindre iuſqu'aux plus petits buiſ-

sons, & aux plus basses bruyeres.

Moschus, qui estoit de la Ville de Syracuse, aussi bien que Theocrite, & qui apparament viuoit au mesme temps, quoy que Viperanus & Vossius le fassent plus ancien ; ce Moschus, dis-ie, composa à l'exemple de Theocrite, plusieurs Idyles ; ie dis plusieurs Idyles, pour refuter le méconte de Lilius Gyraldus, qui soustient qu'il ne nous est resté de Moschus que l'Idyle de l'Amour fugitif, & que celuy d'Europe auec vne Epigramme de l'Amour qui laboure la terre. Cependant nous auons encore outre cela du mesme Autheur Grec, son bel Idyle de Mégare femme d'Hercule, son Idyle excellent qu'il appelle l'Epitaphe de Bion Pasteur amoureux, ce mesme Idyle de l'Europe que quelques-vns mal informez ont attribué à Theocrite, & confondu parmy ses œuures, aussi bien que l'Idyle de Mégare ; & cinq ou six autres encore petits Idyles sur de diuers sujets, que Laurentius Gambara

Italien, & depuis luy Bonauentura Vulcanius Flamant, ont élegamment traduits en Vers Latins; les premiers publiez en la Ville d'Anuers, l'an 1569. & les derniers en la mesme Ville, l'an 1584.

Nous auons encore ceux de Bion, entre lesquels toute l'antiquité a tousiours fait si grand cas de son Epitaphe d'Adonis, que plusieurs fameux Poëtes anciens & modernes, Latins, Italiens, & François, n'ont pas dédaigné de le traduire en leurs langues. Le tout à la gloire de l'Autheur, qui nasquit, aussi bien qu'Homere, en la Ville de Smyrne, & qui vinoit du temps mesme de Theocrite & de Moschus, ausquels certains Autheurs ont encore assez injustement attribué ce mesme Idyle.

Depuis ces trois Poëtes ie n'envoy point qui se soient appliquez à ce genre d'escrire, du moins qui ayent emprunté le nom d'Idyle. Car tous ceux qui ont fait des Bucoliques, & des Bergeries, nous les ont donuées

fous le feul titre d'Eglogues, ou d'E-
glogues Paftorales.

12. Le fameux Aufone Bourde-
lois fut à mon aduis le premier des
Poëtes Latins qui emprunta des
Grecs le nom d'Idyle, puis que ce
fut fous ce nouueau titre qu'il nous
donna plufieurs de fes Poëmes Latins, & entre les autres celuy de la
fragilité de la vie humaine. Mais
comme ce titre eftoit originaire de la
Gréce, il femble que Federic Iamotius Poëte Flamand, de la Ville de
Bethune, l'ait voulu renuoyer à fa
fource, lors qu'il a pris le foin de le
traduire en beaux Vers Grecs, qui
ont le veritable caractere de l'Antiquité.

Heobanus Heffus, fameux Poëte
Allemand, fut le premier des modernes qui apres Aufone compofa des
Idyles en langue Latine. Car apres
auoir traduit élegamment en cette
mefme langue tous les Idyles de
Theocrite, il en compofa plufieurs
autres de fon inuention, qui font au-

Premier Autheur des Idyles Latins.

B vj

tant de riches trefors fur le Parnaffe
de nos Mufes. Ange Politian, Laurentius Gambara , Iean Douza,
Henry Eftienne, exercerent leur beau
ftyle fur quelques Idyles de Mof-
chus, & de Bion ; & le dernier de ces
Autheurs modernes, qui ne cedoit
à pas-vn autre, nous en donna quelques-vns de fa façon, qui font des ouurages à rechercher & à lire par les
curieux des belles productions.

Le mefme Federic Iamotius, &
Philibert Girineti, compoferent pareillement de leur inuention des Idyles affez fupportables. Godefroy Mi-
lander Allemand, de la Ville de Co-
logne, en publia auffi quelques vns
en la Ville d'Orleans l'an 1572. fous
le titre d'Idyles Lyriques, qui ne
font pas tant à méprifer. Et quelques
années apres, vn certain Robert
Obryfius, Poëte & Theologien de
la Prouince d'Artois, compofa vn
iufte volume d'Idyles facrez en langue Latine, fur les principaux myfte-
res de l'ancien & du nouueau Tefta-

ment de Noſtre Seigneur. Et comme
l'Autheur n'auoit pas eu le temps de
les publier luy-meſme, eſtant pré-
uenu de la mort, vn de ſes bons Amis
prit le ſoin de les recueillir, & de les
rendre publics, par le moyen de l'im-
preſſion, l'an 1587. en la Ville de
Doüay. Ils ſont diuiſez en douze
Liures. Et il me ſouuient de les auoir
leus en ma ieuneſſe auec d'autant
plus de plaiſir, que les choſes ſacrées
l'emportent ſur les matieres profanes.
Le docte & fameux Holandois Hugo
Grotius, nous en a donné vn fort gen-
til, intitulé Myrtile, comme on le
peut voir dans ſes diuerſes Poëſies
Latines publiées à Leyden l'an 1639.
Iean Lernutius, délicat Poëte Flamand, compoſa des Décades d'Idyles
ſacrez qu'il fit imprimer à Louuains
ſur la fin du dernier ſiecle. Pierre
Bertaut, de l'Oratoire, publia pareillement à Paris l'an 1631. pluſieurs
Idyles Latins ſur le ſujet des guerres
d'Italie pour le Duc de Mantouë, &
ſpecialement ſur l'heureuſe déli-

urance de la Ville de Cazal. Et quoy
que l'Autheur ne leur ait pas donné
vn titre plus magnifique, ny plus
pompeux que l'Idyle, si est ce qu'ils
ont le veritable caractere de l'heroïque, soit dans leur haute matiere, soit
dans leur vaste estenduë. Finalement
i'ay rencontré depuis peu dans les diuerses Poësies de Sangenesius quelques Idyles Latins de sa façon, qui
sont certes bien dignes de la beauté
de son esprit, & de la force de son
genie. Et depuis fort peu de temps
encore Guillaume Becanus Iesuite,
en a publié quelques vns parmy ses
diuerses Poësies Latines imprimées
en la Ville d'Anuers l'an 1655.

Des
Idyles
Ita-
liens.

13. Entre les Italiens, Hieronimo
Pretti, Antonio Bruni, & le Caualier
Marini, sont les seuls Poëtes dont
i'ay veu des Poëmes sous le nom d'I-
dyles. Ceux que le dernier publia
luy-mesme à Paris l'an 1620, ont des
graces & des beautez à rauir les intelligens & les maistres. Il les diuisa
en deux parties. La premiere institu-

..e , *Idillij fauolofi* , Idyles fabuleux;
..& la feconde, *Idillij Paſtorali*, Idyles
..Bocagers. Et il me fouuient que me
..faifant vn iour prefent de fon Liure,
..il me dit, qu'il croyoit n'auoir iamais
..rien fait de mieux, ny de plus fleury.
..Auffi furent-ils receus du public
..auec vn grand applaudiffement.

.14. Entre nos François i'en vois
.auffi quelques-vns qui fe font exercez
.en ce mefme genre d'efcrire, & qui
.fe font feruis du mefme nom. En
.quoy certes ils ont imité les Romains,
.& prefque toutes les autres Nations
.du monde, qui ont voulu retenir les
.noms Grecs de tous les Arts, & de
.toutes les Sciences. Le premier, à
.mon aduis, qui a fait des Idyles en
.noftre langue, eft Iean de la Frefnaye.
.Il en compofa deux Liures en fa ieu-
.neffe, qui ne furent imprimez que fur
.fes vieux iours en la Ville de Caën,
.fa patrie, l'an 1613.† Le premier Li-
.ure contient les Amours Paftorales
.de Philanon & de Philis, & l'autre
.les Amours de diuers Pafteurs; le

Des Idyles François.

† il est mort en 1606. Toutes ses Poesies furent imprimées 1605. a Caën

tout escrit d'vn style assez doux, &
mesme assez beau pour le temps de
leur composition, puis qu'il trauail-
loit à ces petits ouurages deuant l'an
1560. C'est là qu'il les appelle non
pas Idyles au masculin, mais au fe-
minin Idyllies Pastorales; témoin le
commencement de son Liure.

> *Petites Idillies*
> *Marchez de pieds soudains*
> *Vers les Nymphes iolies,*
> *Et dans les tendres mains*
> *Des Pasteurs plus humains.*

En quoy il fit bien paroistre vne ma-
nifeste retractation, de ce qu'il auoit
soustenu dans la Préface de ses Foresteries imprimées à Poitiers l'an
1555. puis que c'est là qu'il dit en
termes exprés, qu'il n'y a point de
Poëte délicat qui ne iuge qu'il a bien
eu plus de raison d'appeller ses Poëmes Bocagers Foresteries, qu'Eglogues, ou Idylies, du nom Grec. Pour
moy ie m'en rapporte au sentiment
des Sçauans, & aux veritables con-
noisseurs des beautez de nostre lan-

gue. Et pourtant, s'il m'eſtoit icy
permis de dire ce qu'il m'en ſemble,
ie condamnerois franchement ſa premiere erreur, & approuuerois ſa
iuſte retractation. Ie veux dire que
i'aime beaucoup mieux Eglogue,
ou Idyle, tous Grecs qu'ils ſoient,
que Foreſteries, qui eſt vn mot eſ-
tranger & barbare en noſtre langue.

Pierre le Loyer, bel Eſprit du Païs
d'Anjou, & celuy à qui nous deuons
le docte & curieux Liure des Spe-
ctres, compoſa pareillement des Idyles, mais que ſuiuant l'erreur de la
Freſnaye, il appelle encore Idylies.
Il les publia à Paris l'an 1579. auec
ſes autres œuures Poëtiques. Comme c'eſtoit vn homme conſumé dans
tous les ſecrets de l'ancienne Poëſie,
il y meſle tant de traits éclatans de la
vénerable Antiquité, qu'il y a tout
enſemble dequoy apprendre, & dequoy ſe diuertir. Car encore que ſon
ſtyle n'ait pas toute la délicateſſe de
noſtre temps, les iuſtes Eſtimateurs
des choſes ne laiſſeront pas toutesfois

d'en faire estat, quand ils considere-
ront que nostre langue n'auoit pas encore ces ornemens, & ces graces
qu'elle a maintenant, & qu'elle doibt
aux soins laborieux de tous ces grands
hommes qui l'ont depuis si heureusement cultiuée.

Ie pourois presque dire encore la
mesme chose d'vn certain Idyle que
Guillaume de la Taiſſonniere Gen-
tilhomme de Dombes, auoit publié à
Paris dés l'an 1569. sous ce titre vn
peu long & bizarre, Idyllie de la mo-
deste & vertueuse amitié d'vn Gen-
tilhomme non Courtizan enuers sa
Maistresse. Car encore que la diction en soit assez nette, & assez facile,
il est pourtant tellement dénué de ces
brillans d'esprit que l'on rencontre
si heureusement dans la florissante
Poësie de nostre temps, que cette lec-
ture est vne des plus ennuyeuses choses que i'ay veuës. Iean Edoard du
Monin, dans ses diuerses Poësies qui
suiuent son Poëme Latin du Phœnix,
rapporte vn Idyle François, qu'vn

ommé Texier, qui estoit de ses amis,
uoit traduit du 23. Idyle de Theo-
rite. Mais on peut bié dire que ce fut
ne fleur qui perdit toute sa grace, &
oute sa vigueur, dés qu'elle fut tirée
e son propre fonds, & qu'elle fut
ransplantée en vn lieu estranger. Ie
eux dire que cet Idyle est aussi fade
n nostre langue, qu'il est sauoureux
& piquant dans la langue Grecque.

Claude Turrin Dijonnois, nous
donna aussi dans ses œuures Poëtiques imprimées à Paris l'an 1572.
quelques Idyles François traduits du
Grec de Theocrite. Mais comme ce
Poëte assez poli d'ailleurs, n'estoit pas
fort entreprenant, il n'eut pas le cou-
rage de nous les donner sous leur veritable nom d'Idyle, mais seulement
sous le nom connu & commun d'E-
glogue, ou mesme d'Elegie, qu'il eut
pû du moins appeller Elegie Pastorale. Et peut-estre marchoit-il en
cela sur les pas de Pierre de Ronsard,
qui s'estoit contenté de traduire, ou
d'imiter quelques Idyles de Theo-

crite, sans leur donner ce nom specifique, mais seulement le nom general
de Poëme, ou d'Hymne, ou d'Elegie.
Ceux qui ont consulté les œuures de
ce grand Poëte sçauent aussi bien que
moy que son petit Poëme de la Que-
noüille pour sa belle Marie, n'est
qu'vne pure imitation de l'Idyle 34.
intitulé *Colus*; que son Voyage de
Tours n'est qu'vne viue image du
Vernum iter, ou du Voyage Printa-
nier de Theocrite; que son Cyclope
amoureux, que son Poëme d'Hylas,
que son Hymne de Castor & de Pol-
lux, & quelques autres encore, sont
de veritables copies Françoises de
ce fameux original Grec.

Ce fut encore dans cette précieuse
source de la Gréce, que Remy Belleau puisa son Chant Pastoral sur la
mort de Ioachim du Bellay, & son
Poëme intitulé les Pescheurs; puis
que ce sont deux traductions fideles,
ou du moins deux veritables imita-
tions de l'Idyle de Moschus, intitulé
l'Epitaphe de Bion Pasteur amou-

eux, & de l'Idyle de Theocrite, intitulé *Piscatores*. Et cependant ny
Belleau, ny Ronsard, ne voulurent,
ou n'oserent iamais donner à leurs
Poëmes le nom d'Idyle ; eux qui
auoient tant fait, & tant osé d'autres
choses pour leur honneur propre, &
pour la gloire de nostre langue.

Mais il est arriué que de nostre
temps N. de Rampale, qui à mon
gré sçauoit aussi bien le beau tour de
Vers que pas·vn autre de ma con-
noissance, a renouuellé la gloire de
l'Idyle, puis qu'il nous en a donné
plusieurs imitez du Pretti, & du Caualier Marini. Et mesme comme il
auoit vn genie particulier à décrire
purement & naïuement les choses,
il en publia l'an 1642. vn autre de sa
façon intitulé, le Départ funeste,
dont la disposition est assez inge-
nieuse, & dont la belle mélancolie
ne doit pas moins plaire au Lecteur
intelligent, que la douce gayeté de ses
autres Idyles. Tristan L'hermite en
composa aussi quelques-vns à son

exemple, ou pluſtoſt à l'exemple des
Italiens, qu'il a preſque touſiours fort
imitez. Gilles Ménage, dont les
Poëſies ont à mon aduis tant de iuſ-
teſſe, & tant d'agrément, nous a
donné auſſi quelques Idyles amoureux fort tendres, & fort paſſionnez.
Et meſme comme il s'applique en-
tierement à la profonde méditation
des Sciences agreables, il a encore
inuenté quelques autres Idyles, de
qu'il a nouueauté les peut rendre fort
recommandables à tous les beaux Eſ-
prits qui eſtiment, & qui aiment les
ouurages de cette nature. Gilles Boi-
leau, dont la docte & ſeuere cenſure
l'a rendu ſon nouuel Antagoniſte, a
pareillement compoſé en noſtre langue quelque Idyle que l'on peut
lire auec plaiſir dans ſes ouurages;
où ie ſouhaiterois de rencontrer vn
iour des marques eternelles d'vne
veritable réconciliation. Et à ce propos, malheur à ceux qui ſement la
diuiſion ſur noſtre ſacré Parnaſſe, &
qui par leurs lâches & infideles rap-

ports font ſi cruellement armer les
Muſes contre les Muſes! Iules de
la Meſnardiere a pareillement ex-
primé quelques vns de ſes beaux ſen-
timens ſous le ſimple titre d'Idyles,
comme on le peut voir dans ſes
œuures.

15. Mais celuy qui a porté le plus
haut ce genre de Poëme, c'eſt noſtre
Amy Gerard de S. Amant, puis qu'il
nous a donné ſon Poëme fameux de
Moyſe ſauué, ſous le titre d'Idyle
heroïque. Ie ſçay bien que quelques-vns n'ont pas donné toute leur
approbation à ce nouueau titre, ſur
ce qu'ils ont crû que l'Idyle ne s'eſ-
tendoit pas ſi loin, & que c'eſtoit
ioindre deux choſes auſſi diferentes,
que d'accoupler vn Geant auec vn
Pygmée, & faire ſur le Parnaſſe ce
que noſtre ſententieux Horace nous
defend.

Humano capiti ceruicem iungere equi-
     nam.

Ie ne pretens pas icy faire ſon Apolo-
gie, puis que l'ouurier & l'ouurage

Iuge-
ment
de l'I-
dyle
heroï-
que de
Gerard
de ſaint
Amant.

se defendent assez eux-mesmes. Ie diray seulement qu'il n'a fait en cela que ce que d'autres ont fait en semblables occurrences; & que comme il y a des Eglogues Pastorales qui s'éleuent iusques à l'heroïque,

Si canimus syluas, syluæ sunt Consule digna,

il y peut bien auoir aussi des Idyles d'vn caractere sublime qui representent les beaux faits des Heros.

Apres tout, ceux qui ont inuenté la Tragicomedie, l'Heroïcomique, & mesme la Tragedie Pastorale, n'ont-ils pas marié des choses aussi éloignées, la fureur auec la raillerie, le serieux auecque le burlesque, la houlette auecque le Sceptre, & pour demeurer dans les termes de l'Art, le soc, ou le bas escarpin, auecque le haut Cothurne? Mais sans sortir du sujet de l'"Idyle, ne s'en trouue-t'il pas dans Theocrite de beaux & de longs, qui tiennent bien autant de l'Epique que du Pastoral, & qui ostez l'humble titre d'Idyle, pouroient

passer

paſſer pour quelques-vns de ces nobles Panegyriques de Claudian? Il
ne faut que conſulter le 17. Idyle,
qui eſt le magnifique Triomphe du
Roy Ptolomée Philadelphe; le 27.
qui eſt l'Hymne de Caſtor & de Pol-
lux; & le 32. qui contient vne des
plus grandes victoires d'Hercule.
Auſſi quelques Grammairiens ont
obſerué, qu'entre tous les Idyles de
Theocrite, qui ſont 36. en nombre,
il n'y en a que dix en tout qui ſoient
veritablement Idyles; c'eſt à dire
qui ayent pour matiere de petits ſujets. Et c'eſt pour cela, diſent-ils,
que Theocrite, apres auoir fait ſes
dix Idyles ruſtiques & paſtoraux,
conſacra vne fluſte à dix rangs ou dix
chalumeaux, comme le veritable inſtrument de ſon Art, au Dieu Pan,
qui eſtoit le Dieu des Bergers. Ie
ſçay bien que Claude Saumaiſe, &
apres luy Gerard Voſſius, diſent,
qu'en conſideration de ces dix Idyles
Paſtoraux, Theocrite luy auoit encore dédié cette meſme fluſte à dix

C

rangs, par vn Idyle de dix Vers feulement. Mais ie ne fçay pas quel eſt
en cela le fondement de ces deux ſça-
uants hommes, ny quelle peut eſtre
leur nouuelle ſupputation. Car comme il eſt certain qu'ils entendent parler de l'Idyle de Theocrite, intitulé
Syrinx, que les Latins appellent *Fiſ-*
tula, les Italiens *Sampogna*, & les
François, Fluſte, ou Muſette; il eſt
auſſi veritable de dire, que ce petit
Poëme contient effectiuement 21.
Vers, & non pas dix; iuſques là
meſme que tous ceux qui l'ont traduit en Latin, comme Iean Criſpi-
nus, Heobanus Heſſus, Andræas
Dinus, & tous les autres, y ont touſiours gardé la meſme meſure, & le
meſme nombre de Vers, artiſtement
conduits en forme de tuyaux d'Orgues, grands & petits; pour mieux
repreſenter la figure de cet inſtrument Paſtoral, auſſi bien que pour en
publier le prix & la loüange.

Et comme Virgile marchoit en
cela ſur les pas des Poëtes Grecs, ne

fut-ce pas à l'exemple de Theocrite, que des dix Eglogues qu'il compoſa, il n'y en eut que ſept veritablement Paſtorales, les autres traittant des ſujets plus ſerieux & plus éleuez, comme la naiſſance du fils de Pollion, le Silene, & le Gallus? Et ce fut auſſi peut-eſtre pour la meſme raiſon, qu'en parlant de ſa Muſette ou de ſa Fluſte Paſtorale, il en parle comme d'vn inſtrument à ſept trous, ou à ſept pipeaux.

> *Eſt mihi diſparibus ſeptem compacta cicutis   Fiſtula.*

Il les appelle fluſtes ou touches inégales, pource qu'elles n'eſtoient pas de meſme grandeur; mais, comme i'ay dit, ſemblables à nos Orgues, ou aux aiſles des oyſeaux, qui ſont compoſées de pluſieurs plumes diferentes, grandes & petites.

Quoy qu'il en ſoit, puis que l'occaſion s'en preſentoit à propos, i'ay crû deuoir rendre ce témoignage public au merite de mon illuſtre Amy ſur le ſujet du titre de ſon Liure. Et

ce d'autant plus encore, qu'il ne dé-
daigna pas de me confulter là-deffus.
I'adjoufteray feulement que mon aduis fut d'efcrire comme il a fait, Idyle
auec vne *l* feule ; car bien que dans
le Grec, dans le Latin, & dans l'Italien mefme, il y ait deux *ll*, neantmoins pour ne les point confondre
auec vne *l* fimple, & pour empefcher
le Lecteur qui n'y prend pas garde de
fi pres, de prononcer les deux *ll* comme on les prononce à ces mots brille,
famille, fille, & autres terminaifons
femblables, ie crûs qu'il eftoit à propos de l'efcrire en noftre langue auec
vne *l* feule. Et fi nos Autheurs anciens & modernes l'ont efcrit autrement, ie m'imagine que c'eft pluftoft
par inaduertence, que par deffein
formé.

Ie ne fçay point d'autres Poëtes
François qui iufques icy ayent ap-
pliqué leur efprit & leur plume à ce
genre d'efcrire. Car, comme i'ay dit,
quand ils ont voulu faire des ouurages Bucoliques, ils les ont tous ap-

pellez Eglogues, ou Bergeries, ou
Pastorales. Et comme il n'y en a
presque pas-vn d'entr'eux, ny des
Italiens mesmes, qui dans ses Idyles
n'ait souuent pris l'essor du costé de
la longueur de ce Poëme, il n'y en
a presque point aussi qui n'ait quelquesfois déguisé ses Bergers en Princes, & qui ne leur ait fait emboucher
la trompette, au lieu de la fluste, ou
de la cornemuse.

16. Mais auparauant que de finir
ce Discours du Poëme Bucolique,
ie diray que nos Poetes modernes ne
se font pas contentez de faire des Bucoliques & des Pastorales en Vers,
ils y ont encore quelquesfois meslé
la Prose ; ce qu'ils ont fait sans doute
à l'exemple de Sannazar dans son Arcadie. Et peut-estre Sannazar luy-
mesme s'estoit en cela proposé pour
modele Martianus Capella dans son
ouurage des Nopces de Mercure, &
de la Nymphe Philologie ; & Boëce
dans ses Liures de la Consolation de
la Philosophie. Et de ces précieuses

Des Berge-ries en Prose & en Vers.

fources font dériuez tant d'ouurages
de cette nature, de different mérite,
& en tant de diuerfes langues ; la
Diane de Montemajor ; la Diane
amoureufe de Gafpard Gilles Pol ;
traduite en Latin par Gafpard Bar-
thus ; la conftante Amarillis de Chri-
ftoual Suarez ; les Delices de la Vie
Paftorale de l'Arcadie de Lopé de
Vega ; les Pefcheries, & les Eglogues Paftorales du Comte Mattée de
S. Martin ; la Bergerie de Remy Belleau ; les Bergeries de Iulliette, d'O-
lenix du Mont facré ; la Chafte ma-
tinée du fidele Amant ; la Pyrenée,
ou Paftorale amoureufe, de Belle-
foreft ; la Camille de Boton ; l'Amour
de la Beauté, de du Crozet ; les In-
fortunes du fidele Berger dans la Ville
de Mante ; l'Amour triomphant,
Paftorale Comique ; les Thuilleries
d'Amour ; la Sidere Paftorale d'Am-
billou ; les Bergeries de Vefper ; les
Bergeries de Bernier de la Brouffe ;
la diuine Aftrée d'Honoré d'Vrfé ;
l'Entretien des Illuftres Bergers, de

noſtre Amy Nicolas Fréniclé, &
quelques autres encore qui pouroient m'eſtre échapez.

17. Mais, à mon aduis, le premier
de nos François qui à l'exemple des
Latins & des Italiens s'aduiſa de
meſlér la Proſe aux Vers, ce fut Iean
de la Freſnaye dans ſes Foreſteries
imprimées dés l'an 1555. Car Remy
Belleau ne fit voir le premier Liure de
ſa fameuſe Bergerie que dix années
apres, à ſçauoir l'an 1565. Et c'eſt ce
que le meſme la Freſnaye n'a pas ou-
blié de remarquer en quelque endroit
de ſes œuures, où il parle ainſi de ce
genre de Poëme Bucolique.

Le premier Autheur des Bergeries en Proſe & en Vers.

> *Toutesfois dire i'oſe*
> *Que des premiers aux Vers i'ay marié*
> *la Proſe.*

Et voila ce que i'ay iugé à propos de
dire ſur le ſuiet du Poëme Bucolique, duquel pas vn de nos Autheurs
François n'auoit iamais encore parlé,
ou du moins n'en auoit dit qu'vn mot
en paſſant.

G. COLLETET.

FIN.